D0624788

Para nuestra amada Luna, de mamá y papá...

— Sonja Wimmer y Ariel Andrés Almada —

Este libro está impreso sobre **Papel de Piedra©** con el certificado de **Cradle to Cradle™** (plata). Cradle to Cradle™, que en español significa «de la cuna a la cuna», es una de las certificaciones ecológicas más rigurosa que existen y premia a aquellos productos que han sido concebidos y diseñados de forma ecológicamente inteligente.

Cuento de Luz™ se convirtió en 2015 en una **Empresa B Certificada©**. La prestigiosa certificación se otorga a empresas que utilizan el poder de los negocios para resolver problemas sociales y ambientales y cumplir con estándares más altos de desempeño social y ambiental, transparencia y responsabilidad.

Hija

Calle Claveles, 10 | Urb. Monteclaro | Pozuelo de Alarcón | 28223 | Madrid | Spain
www.cuentodeluz.com
ISBN: 978-84-16733-71-2
9ª edición
Impreso en PRC por Shanghai Cheng Printing Company, diciembre 2020, tirada número 1822-11

ARIEL ANDRÉS ALMADA & SONJA WIMMER

Despierta, hija.
Abre los ojos.

¿Ves? Todo lo que te rodea ha sido
creado para ti.

Las nubes que parecen
de leche y el gorrión que te mira
curioso por la ventana...

El aroma a pimienta que viene de la cocina y que te hace cosquillas en la nariz, el sonido del viento mientras pasa a través de las ramas del almendro...

Todo ha sido creado para que tú lo descubras.

Pero despacio...
Es importante que vayas poco a poco.
¡Si vas con prisas te perderás muchas cosas!
Comienza por descubrir los colores, las formas,
las texturas...

Verás que, si prestas atención, encontrarás
mundos increíbles hasta en las cosas más
pequeñas.

Mma

Y hablando de cosas pequeñas, veo cómo tu boca intenta formar sonidos.

En un tiempo aprenderás que, si juntas las letras, puedes crear palabras. Y un día te despertarás y verás que, al unir las palabras, puedes hablar.

¡Hay tantas personas en el mundo que hablan distinto!

Pero todas sonríen igual. Eso recuérdalo siempre, hija.

¡Por cierto! Para no olvidarlo, me he apuntado en este trozo de papel arrugado que debo hablarte de las cáscaras de nueces. Mira esta que tengo en mi mano, por ejemplo.

¿Qué ves cuando la ves? Quizás puedas imaginar que es un barco para explorar ríos de color turquesa...

O tal vez un casco para cuando quieras luchar por alcanzar tus sueños.
Como las cáscaras de nueces, hay muchas formas de ver las mismas cosas...

Y todas son igual de importantes.

FLOWER POWER
STOP

Cuando vayas creciendo descubrirás muchas sensaciones curiosas, que los adultos llamamos sentimientos.

Algunos son rojos como una manzana madura.

Otros son blancos y ligeros, como el algodón, y los hay también de los que brillan hasta llenarnos el corazón de entusiasmo.

También están aquellos que son pesados como un trozo de madera mojada, y quizás hagan que afloren una o dos lágrimas de tus ojos.

Pero no te preocupes, hija. Esos sentimientos siempre terminan desapareciendo y las lágrimas se secan cuando sale el sol.

Ah, aquí veo en el papel que también debo hablarte de los unicornios. Una vez vi uno, aunque casi no lo recuerdo porque también yo tenía pocos años.
Luego con el paso del tiempo dejé de encontrarlos. A veces los adultos cuando crecemos nos olvidamos de dónde tenemos que buscar.

Pero, si tú los ves, que no te importe lo que digan los demás. Habla con ellos y ve a cabalgar.

Diles también que siempre he querido volver a encontrarlos, y que, si quieren, pueden pasar alguna noche mientras duermo a hacerme cosquillas en los pies.

Y ahora me imagino que debes tener preguntas. ¡Nosotros también!

Es más, tenemos muchas más preguntas que respuestas, así que tendremos que ir descubriendo las cosas juntos. Buscaré la lupa que yo usaba cuando tenía tu edad y comenzaremos nuestras investigaciones.

¿Por qué me miras con esa carita y sonríes?

¡Sí! Tu mamá y yo también hemos sido pequeños, aunque parece que ha sido hace mucho, mucho, mucho tiempo.

Así que te proponemos un trato:
nosotros te ayudaremos a crecer,

y tú nos ayudarás a descubrir
el mundo nuevamente a través
de la mirada de un niño.

¿De acuerdo? ¡Bien! Entonces tómanos de la mano, hija,
y mientras el viento te acaricia los rizos, señala en el horizonte
el lugar hacia donde quieres dar tus primeros pasos.